de alma leve
sutilezas do cotidiano

EDITORA GLOBO

de alma leve
sutilezas do cotidiano

joyce pascowitch

Copyright © 2005 by Editora Globo S.A. para a presente edição
Copyright © do texto 2005 by Joyce Pascowitch

Todos os direitos reservados. Nenhuma parte desta edição pode ser utilizada ou reproduzida – por qualquer meio ou forma, seja mecânico ou eletrônico, fotocópia, gravação etc. – nem apropriada ou estocada em sistema de banco de dados, sem a expressa autorização da editora.

Edição: Valentina Nunes

Revisão: Agnaldo Alves de Oliveira

Projeto gráfico, capa e editoração eletrônica: Axis Design

Ilustrações de miolo e capa: Marcelo Cipis

Impressão e acabamento: Imprensa da Fé

1ª reimpressão

Dados Internacionais de Catalogação na Publicação (CIP)
(Câmara Brasileira do Livro, SP, Brasil)

Pascowitch, Joyce
De alma leve : sutilezas do cotidiano / Joyce Pascowitch.
– São Paulo : Globo, 2005.

ISBN: 85-250-4034-7

1. Crônicas brasileiras I. Título.

05-4764   CDD-869.93

Índices para catálogo sistemático:
1. Crônicas : Literatura brasileira 869.93

EDITORA GLOBO S.A.
Av. Jaguaré, 1485 – São Paulo, SP, Brasil
www.globolivros.com.br

Sumário

Apresentação 7
Coisas miúdas 8
Ponto de fuga 10
Todos os dias 12
De desconforto e de alegria 14
Sobre a simplicidade 16
Lavando a alma 18
Uma noite como poucas 20
Sobre o luxo e o amor 22
Sol e aço 24
Tarde em Itapoã 26
Longa estrada 28
Sobre o sagrado 30
Novos tempos 33
Companheiras 34
Controle remoto 36
Alma leve 39
Bem bom 41
O pulo do gato 42
Bálsamo 45
Carona 46
Tempo de resguardo 48
A força de cada um 50
Como uma onda no mar 53
Os devotos 54
Nadando contra a maré 56
Ambiente de respeito 58
Admirável mundo novo 60
Novos temperos 62
Love love love 64
Gaveta mágica 66

O brócolis 68
Pronta para rodar 71
Por que eu choro 72
Efeito dos raios gama 74
De galho em galho 77
Olha a melancia! 78
Um dia de celebridade 80
Tea for two 83
New bossa 84
Em homenagem 86
Guarda-chuva 88
Sobre cachorros e homens 90
A descoberta do mundo 92
Ensaio de orquestra 94
Sobre a amizade 96
Tiro de meta 98
Moral da história 100
Um momento muito especial 102
Eu e a brisa 104
Holofote 106
Sempre alerta 108
Crédito automático 110
Alta infidelidade 112
Exorcizando os fantasmas 114
Sobre a felicidade 116
Lençol d'água 118
Questão de conforto 120
De novo na trilha 122
Banho de luz 124
A um passo da eternidade 126

Apresentação

Não deixa de ser esquisito apresentar este livro para você, querido leitor. Isso porque já me sinto tão íntima, depois de semanas e mais semanas contando minhas alegrias, angústias e descobertas no *site* Glamurama, de onde saíram todos os textos a seguir.

Escrevo esses pensamentos, essas pequenas crônicas, porque sinto vontade de dividir o meu universo com meus leitores; é quase uma compulsão. A melhor maneira que encontrei de juntar tudo o que eu quis dizer desde que a seção "Troca-troca" foi inaugurada no *site* Glamurama, foi por meio deste livro. Queria uma coisa mais concreta, que narrasse minhas viagens particulares. Queria ver, sentir, compartilhar, passar adiante. Sentia que a cada semana, quando um texto novo ia ao ar no *site*, não só eu me sentia aliviada, como também os leitores internautas se identificavam muito com o que liam. A cada novo texto recebo muitos *emails*. Os comentários recebidos me fizeram sentir vontade de colocar isso no papel, para fazer um registro a ser consultado segundo a vontade de cada freguês. Bom proveito!

Coisas miúdas

 Cada vez que vai chegando terça-feira, ou melhor, antes disso, já na segunda, eu começo a pensar sobre o que falar em meu texto. Às vezes, tenho um pensamento que me acompanha a semana inteira, às vezes fico rodando, rodando, até chegar onde quero, pinçando um assunto que eu acho que possa interessar a vocês.

É, gozado, mas eu acabo dividindo com um monte de gente – espero! – coisas do meu dia-a-dia, meus pensamentos, coisas até bem íntimas. E fico me perguntando qual o tom, qual o ponto que faz alguém se interessar e esperar a terça-feira chegar para entrar neste troca-troca.

Falei sobre isso hoje mesmo no almoço com uns amigos e cheguei a pelo menos uma – pequena – conclusão: a gente, no fundo, gosta de temas que nos façam sentir confortáveis, quentinhos, parte de um todo, parte de um grupo de semelhantes. Eu, que escrevo, gosto muito disso, de me sentir "quentinha", de sentir que tenho uma "turma": vocês.

E só posso achar que, quem lê, também gosta de sentir que existe, sim, alguém que pensa parecido, parte dessa mesma "turma". Arrisco até a dizer que isso tem mais ou menos um nome: felicidade.

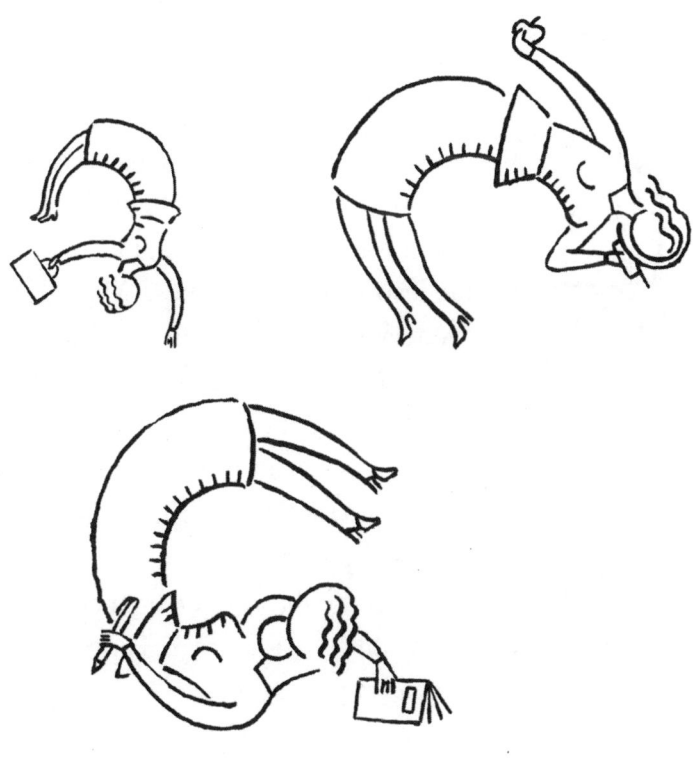

Ponto de fuga

Os restaurantes estão cheios, os cinemas estão cheios, os teatros também. A cidade nunca esteve tão perigosa, tão inóspita, tão estrangeira para nós. Mas esse sentido de sobrevivência animal, do homem inclusive, não deixa de ser maravilhoso, instigante.

Para voltar do espetáculo, para voltar a pé do *shopping*, a duas quadras de casa, para ir até a padaria ou ver as vitrines da Gabriel Monteiro da Silva*, nada é igual a antes. Mas tudo poderá ser o que era. Vai chegar, ou melhor, vai voltar o dia em que uma conversa com um delegado amigo não será o centro das atenções, tema de uma semana inteira.

Que vontade de mergulhar em Sêneca – é fácil, tente você também, a editora é Iluminuras –, de sair à noite de carro para dar uma espairecida... O século XXI não tem cara de que será muito fácil.

Os medos se acumulam, mas cabe a nós, os seres pensantes, encontrar um meio de sobreviver nesses novos tempos cor de chumbo. Música, leituras, escapadas para o mar ou para o campo dão o fôlego necessário. É só tentar.

* Rua da capital paulista conhecida por abrigar uma grande quantidade de lojas de decoração.

Todos os dias

Outro dia me peguei pensando alto algo do tipo "que delícia ter vontades...". Até me assustei com o rompante de sinceridade... e depois fui logo analisar o que aquilo queria dizer exatamente, fui tentar entender. E percebi que ter vontades é justamente o oposto de ser *blasé*, de não achar graça em nada, de se acostumar com a mesmice.

Não adianta reclamar que a vida está sem graça, porque, às vezes, a vida fica mesmo sem graça. Só que a vida pode até continuar com a mesma cara de sem graça – e a gente achar a maior graça nela. E olha, não precisa estar apaixonado não.

Onde está, então, a diferença? Bem, quem sou eu para dar respostas... Mas acho que o que mais conta é o cotidiano: quando a gente começa a achar graça nas coisas do dia-a-dia, na bandeja do café-da-manhã, no enrosco no chão com o cachorro, na turma da academia, nos colegas de trabalho, no segurança da empresa, aí está o pulo do gato... tudo fica bom.

Mesmice? É sim, mesmice, sim senhor, mas cheia de vontades: de passar o fim de semana no Rio, de tomar um sorvete perto da meia-noite e até de passar seis meses praticando ioga na Índia...

De desconforto e de alegria

 Vocês devem ter percebido que eu tenho falado bastante aqui sobre os novos tempos – mesmo porque não dá para não perceber que as coisas realmente mudaram. O mundo mudou. E a gente sente isso no dia-a-dia na cidade, ao ler as notícias do mundo nos jornais, na internet, ao ver os telejornais de noite.

Existe sempre uma espécie de medo pairando, um desconforto. As nuvens cinzentas estão aí, mesmo nos dias mais ensolarados. Mas a gente aprende a conviver com a nova realidade, por mais difícil que isso possa parecer. A gente acaba se acostumando.

Talvez por isso eu esteja insistindo no tema amizade. Acredito que é esse o sentimento que vai segurar o lance. Prova disso eu tive esta semana, ao ir a uma sorveteria na rua Augusta – uma delícia! – numa noite fria.

Meio vazia, chamava atenção um grupo formado por três mulheres. Felizes da vida, rindo muito, cercadas por várias bolas de sorvetes das mais variadas cores e sabores. Sozinhas? Sem maridos ou namorados? Faz frio? Não tem segurança? Pode até ser... Mas com muito prazer – e muita alegria.

Sobre a simplicidade

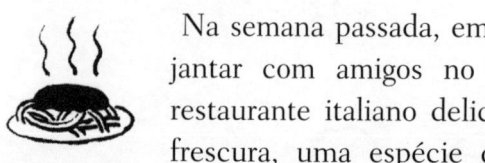
Na semana passada, em Nova York, fui jantar com amigos no Bar Pitti, um restaurante italiano delicioso, bem sem frescura, uma espécie de Spot de lá, cheio de gente bonita e famosa. Fica na Sexta Avenida, quase esquina com Houston, no Village, quase SoHo.

Gente da moda, fotógrafos, muitas modelos. Aí, acompanhando meu amigo que estava sentado ao lado, pedi também de entrada espinafre. Veio um prato de salada com um espinafre meio cozido no vapor, com sal e só um fio de azeite por cima. Delicioso – eu diria inesquecível.

Meu amigo havia dito que aquele era o melhor espinafre do mundo, que tinha gosto e jeito de comida de casa. Ele tinha razão. O engraçado é a gente sair de casa, hoje em dia, para comer comida de casa. Eu entendo perfeitamente.

Sinto, nas mais variadas ocasiões, aquela sensação gostosa de coisa quentinha, de conforto, de coisa que a gente já conhece, que está acostumada. Pode ser uma comida, um banho de banheira, uma manta bem surrada ou até assistir TV na poltrona preferida – é isso que, no fundo, faz a gente se sentir feliz. Feliz e segura, o que não é pouco, em se tratando dos dias de hoje...

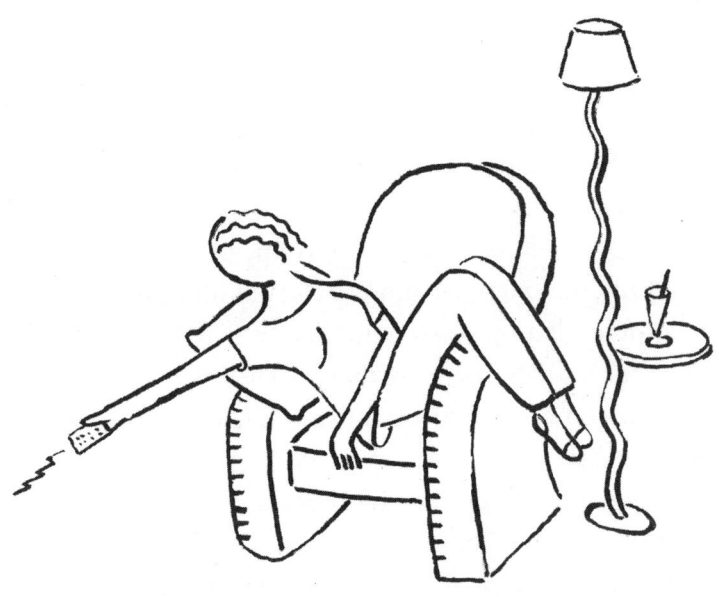

Lavando a alma

Esta semana eu fui assistir a um dos espetáculos mais bonitos dos últimos tempos, uma verdadeira surpresa: a ópera *João e Maria*, no Teatro Municipal.

O que era para ser um espetáculo infantil, alegrou e surpreendeu todos os adultos que tiveram a chance de estar lá. Pois bem, o mais legal disso tudo, para mim, foi o fato de a bruxa ter sido vaiada! Não durante o espetáculo, enquanto ela fazia malvadezas com os pobres coitados perdidos na floresta.

Mas, sim, na hora dos aplausos, quando cada ator, cantor e bailarino se apresentava, individualmente, e dona bruxa tomou a maior das vaias. E eu participei! E mais: alegremente!

Só que tomei um susto quando me peguei, desprevenida, vaiando o mal. Foi bom, muito bom, uma verdadeira apoteose. Quantas vezes a gente não quis vaiar o mal, nas várias formas como ele se apresenta no dia-a-dia? E quantas vezes a gente fica paralisada, sem conseguir nem mesmo vaiar? Pois agora, eu aprendi a lição.

Comece com uma vaia bem dada – e depois com ações propriamente ditas. Experimente "vaiar o mal" você também. Um ótimo início para depois combater, de fato, de uma maneira precisa e participativa, a peste do século XXI.

Uma noite como poucas

Um pequeno jantar, um cardápio primoroso, vinhos das melhores safras, cinco convidados e uma anfitriã cheia de encanto. Você já viveu um sonho desses? Eu já – e foi realidade mesmo. Isso aconteceu numa segunda-feira friorenta, podem acreditar...

Lá fui eu para meu compromisso previamente agendado, acertado, jurado. Depois do trabalho, toda maquiada, arrumada, perfumada. Confesso que meu sonho dourado naquele momento era ir direto para minha casa, jantar na bandeja vendo TV, tomar outro banho bem quente e ler na cama. Mas não, fui firme ao jantar.

Posso, porém, garantir: além de não ter me arrependido, vivi uma das noites mais deliciosas, mais encantadoras dos últimos tempos. Não éramos exatamente seis amigos íntimos, mas todos nos conhecíamos, uns mais próximos, outros à distância.

Todos nós falamos bastante. Todos nós tivemos paciência – e o maior interesse, aliás – para ouvir o que os outros tinham a dizer. Todos inteligentes, cheios de humor, cheios de curiosidade, de vivências, de histórias para contar. Um verdadeiro encontro, um brinde à vida. Querer mais é imoral – e engorda.

Sobre o luxo e o amor

Estive no Rio neste último fim de semana. Aliás, nada melhor para limpar a alma, refrescar as idéias, zerar o velocímetro... e ainda ser surpreendida. É que minha ida ao Rio teve a ver com uma festa, as Bodas de Prata de um casal amigo.

Imaginei mesmo que a festa seria boa, todos os detalhes estavam sendo minuciosamente preparados, do *buffet* às bebidas, charutos, doces, música e fogos de artifício na praia de Ipanema, bem em frente ao elegante prédio. Mas o melhor de tudo foi a festa propriamente dita: uma coisa família, entre amigos.

Apesar de ser *black-tie*, o clima era outro: descontraído, confortável – e até amoroso. Eu raramente vi tanta coisa boa – caviar, Don Pérignon, *foie gras* – com tanto descompromisso, tanta alegria. Quando o casal se casou, 25 anos atrás, não teve festa. Eles não tinham dinheiro.

Agora, todo esse tempo depois, estavam os dois lá, com os filhos e os amigos mais próximos, brindando com muito luxo – e toda a simplicidade. Viu como dá para ser legal?

Sol e aço

 Eu preciso contar a vocês um monte de coisas legais que eu fiz e vi nos últimos dias. Assisti a uma demonstração de *kung-fu* na Faap* – eu adoro artes marciais! Foi uma apresentação inesquecível, aqueles lutadores todos, de uma delicadeza e de uma força que mexem com a gente.

Eu percebi bem o jeito que eles lidam com a energia, preparando-se e se "fechando" contra os golpes mais duros. É incrível como o treinamento, o conhecimento e o poder de concentração podem atuar. Sempre fui fã desses exercícios e cada vez mais acredito neles.

Como contraponto para a luta – ou seria um complemento? –, fui a um concerto fechado com o pianista Nelson Freire. Eu me senti uma privilegiada, uma escolhida. Sabe um bálsamo para a alma? É isso mesmo, senti que minha alminha estava agasalhada, confortada, quase tranqüila. E olhe que isso não é fácil de acontecer, não...

Dois momentos maravilhosos, que eu quis dividir com vocês.

P.S.: O título é uma homenagem a um livro maravilhoso, de Yukio Mishima. Recomendo.

* Fundação Armando Álvares Penteado, instituição particular de ensino da capital paulista.

Tarde em Itapoã

Este fim de semana fui até Salvador. Que delícia! De repente, a gente sai de São Paulo e, duas horas depois, pumba!, desembarca num lugar onde, para sair do aeroporto, o único caminho exige atravessar um enorme bambuzal...

Na minha modesta opinião, não tem nada melhor do que desembarcar em Salvador, passar pelo tal bambuzal – e rezar, agradecendo a Deus por estar lá, respirar fundo; sim, porque o ar da Bahia é diferente. Eu penso exatamente como Caetano Veloso: a Bahia tem um jeito. E esse jeito faz muito bem para mim. Uma coisa mais relaxada, mais fácil de levar, mais descompromissada.

Aliás, do jeito que a gente deveria ver – e levar – a vida. Mais sol, mais luz, mais alegria, mais malemolência. Menos estresse, menos ganância, menos luxúria. Tem um quê de Caribe, me deu saudades de Cuba.

Ou será que é Havana que me dá saudades de Salvador? Sei lá...

Mas o que eu sei, o que eu já aprendi, a esta altura, é que nada nesta vida é perfeito. Eu, por exemplo, não gosto de comida baiana. Mas peixe grelhado – e *sushi* – tem no mundo inteiro.

Longa estrada

 Em plena tarde deste domingão gelado, fui ao teatro assistir a *Variações enigmáticas*, espetáculo estrelado por Paulo Autran e Cecil Thiré. Pensei que seria uma daquelas coisas de domingo à tarde, um encontro beneficente, mais uma peça, como poderia ser mais um filme ou até mais um programa de TV.

Que nada: foi um bálsamo, uma alegria assistir a Paulo Autran, 80 anos recém-completados, dono do palco, dono da cena. Dono mas nem tanto: ele deixou espaço para seu colega Cecil Thiré se movimentar com a maior desenvoltura, dois personagens girando em torno do mesmo texto.

E que texto: eu consegui dar risadas deliciosas, consegui me emocionar, e mais do que tudo, consegui pensar no que o autor propunha: uma discussão sobre o amor, a solidão, a vida. Sutilezas e ironias permeavam todo o texto.

Assistir a Paulo Autran em pleno exercício de sua profissão é realmente uma lição, um prazer, uma emoção. O melhor de tudo é a gente ver que ainda tem um longo caminho pela frente. E que se a gente fizer o que realmente gosta, dedicar-se a isso, é quase impossível não dar certo. Se não der, tudo bem: valeu pelo empenho.

Sobre o sagrado

 Nesta segunda-feira eu não trabalhei. Não trabalhei e gostei de não trabalhar. Segunda-feira era o Dia do Perdão, o Yom Kippur. Dia de ir à sinagoga, dia de ficar quietinha, de orar. Isso começou domingo à noitinha e foi até o anoitecer do dia seguinte.

Quando eu era pequena, só gostava de ir à sinagoga, no Brás, porque ganhava roupa nova de minha mãe, aliás, eu e minhas irmãs. E também porque a gente fazia muita bagunça lá. Os homens ficavam no andar de baixo – e as mulheres, no de cima. A gente se pendurava no balcão e ficava olhando lá de cima o rabino reclamar do barulho. Ele batia forte na mesa... era uma delícia vê-lo bravo!

Hoje, cada vez mais eu gosto quando chega a temporada das festas judaicas, o Rosh Hashanah e o Yom Kippur. Gosto de ir à sinagoga, gosto de ficar mais tempo lá, pensando, rezando. Acho que já não gosto tanto de fazer bagunça, pelo menos lá, não. Mas gosto de ouvir as músicas, o coro, as prédicas dos rabinos. Gozado: ser madura faz a gente gostar das mesmas coisas de que já gostava quando criança. Só que por outros motivos.

Novos tempos

Véspera de eleições, desta vez segundo turno, muita apreensão e a tão propalada vontade de mudança. Acho isso ótimo, mudanças sempre são bem-vindas. Só acho que as mudanças não deveriam vir apenas de fora para dentro. Se o desejo por mudança fica explícito nas pesquisas de intenção de voto, seria bom também avaliar o que cada cidadão, cada eleitor, pode mudar em seu comportamento, no seu dia-a-dia, em seu pequeno mundo, ajudando assim a efetuar – e perpetuar – essa tão almejada mudança.

Ser mais calmo, mais paciente – no meu caso, por exemplo, essa mudança seria mais que bem-vinda. Cuidar mais do que está em volta, das pessoas, do verde, do ar, da água, do meio ambiente em geral. Pensar mais nos mais velhos, nas crianças. Nos pobres e nos doentes.

Não precisa se privar de nada, não: apenas abrir espaço para outros pensamentos, incluir novas prioridades. Os tempos pedem isso. Sorte de quem perceber.

Companheiras

Não, o título não tem nada a ver com o novo Brasil que se vislumbra no horizonte, depois das eleições de domingo, nem com o PT. Estou falando mesmo é de amizade – e de amizade entre mulheres, coisa que eu adoro, observo e faço questão de participar.

Lembro-me de uma cena que ficou marcada na minha memória: aconteceu num verão, há uns seis anos mais ou menos, em Capri. Eu estava com meu namorado – ou marido, nunca sei bem a diferença... – num hotel delicioso, o Scalinatella, na piscina, final de tarde.

Aí, de repente, chegou um grupo de amigas, hospedadas lá também, que se instalou nas *chaise-longues* atrás das nossas, e a história começou. Elas falavam muito, riam, visivelmente descontraídas – e felizes.

Claro que é uma delícia viajar com namorado. Mas, naquele dia, naquela tarde, ficou também muito claro para mim como pode ser tão ou mais delicioso estar com um grupo de amigas, alegres e divertidas.

Esta semana, eu me lembrei dessa história duas vezes: uma, quando desci no elevador do prédio onde trabalho, junto com um grupo de quatro mulheres, que devem trabalhar juntas – e, pelo visto, se divertir muito, juntas. Liguei as duas histórias e pensei no seriado *Sex and the City*, que eu adoro, com aquelas quatro malucas fazendo e acontecendo.

Acabo esta "viagem feminina" falando sobre outro grupo de moças que conheci por acaso, semana passada, saindo de uma comemoração. Elas faziam parte de um coral, tinham acabado de se apresentar, elegantes naquele figurino longo, de festa. Estavam pegando táxis para voltar para casa, às dez da noite. Conversavam muito, e riam. Eram seis mulheres amigas, felizes da vida, alegres, nos seus quase 70 anos...

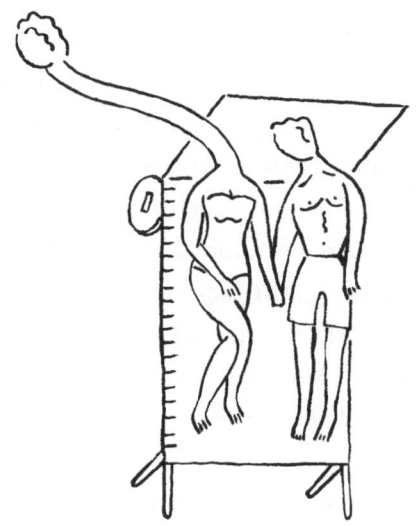

Controle remoto

Às vezes há uma coisa errada, um negócio que não anda, que faz a gente se sentir esquisita, sem saber direito o que é. Eu estava assim na semana passada. Esquisita, não havia um problema concreto, explícito, que me incomodasse. Mas o fato é que eu estava incomodada.

Resolvi que iria a um compromisso que eu havia me comprometido a ir, à noite, apesar de ter ensaiado não ir o dia inteiro. Como as coisas estavam meio truncadas, eu e meus amigos, que deveríamos ir no mesmo horário, nos desencontramos, claro, e o fato é que eu cheguei ao Jockey Club sozinha.

O evento era do tipo grande, cheio de gente. Era o primeiro dia do Telefonica Open Air, aquele supercinema ao ar livre, e lá cheguei eu – sozinha. O filme estava começando, me apressei, subi nas arquibancadas e me sentei – sozinha numa poltrona.

Era na ponta da fila, uma das poucas vazias. Comecei a prestar atenção no filme, no inusitado do cenário, aquela telona, as pistas dos cavalos, aquela platéia, e, de repente, percebi que, sozinha naquela arquibancada, naquela situação nova para mim – cinema ao ar livre no Jockey, um filme divertido... –, eu estava começando a me sentir bem.

Depois, fiquei feliz mesmo. Dei boas risadas com o filme – sozinha. Acabei encontrando uns amigos que eu não via há tempos – e até minha irmã! Conversei, ri. Percebi que bastou um *clic*, uma mudança de cenário, de canal, para eu voltar a celebrar a vida. Acho até que dei alguns pulinhos voltando para casa...

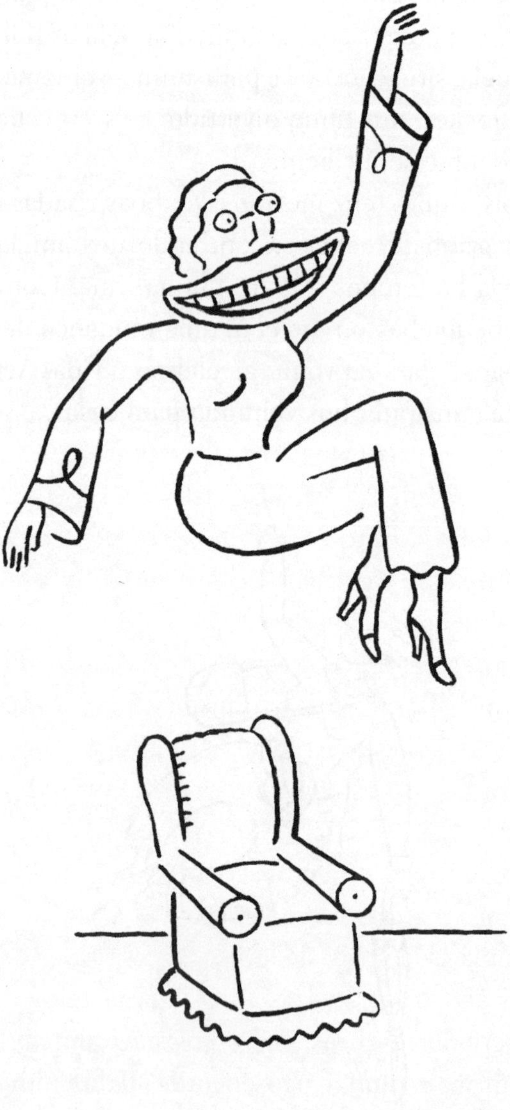

Alma leve

Na quarta-feira à noite, fui assistir ao espetáculo de final de ano dos alunos de teatro de Cristina Mutarelli. Como eu me diverti! Era sobre TV, tudo com muito humor. Muito bem feito, com bons atores – e candidatos a –, figurinos, enfim, uma noite e tanto. Principalmente por um motivo: o humor.

Humor bem feito, diga-se de passagem. Como é bom! Um bálsamo, um banho na alma. Lembrei-me também de *Cócegas*, do sucesso que Ingrid Guimarães e Heloisa Périssé estão fazendo – por causa do humor bem feito. Não é fácil acertar o ponto. Mas quando se acerta, o resultado é bombástico. O bem que isso faz às enormes platéias se multiplica.

É o milagre do riso, da leveza, do espírito. O melhor e o mais antigo antídoto para dias cinzas, tempos nebulosos, períodos escuros. Aviso aos navegantes: levar a vida com mais humor não engorda. E faz muito bem para a pele!

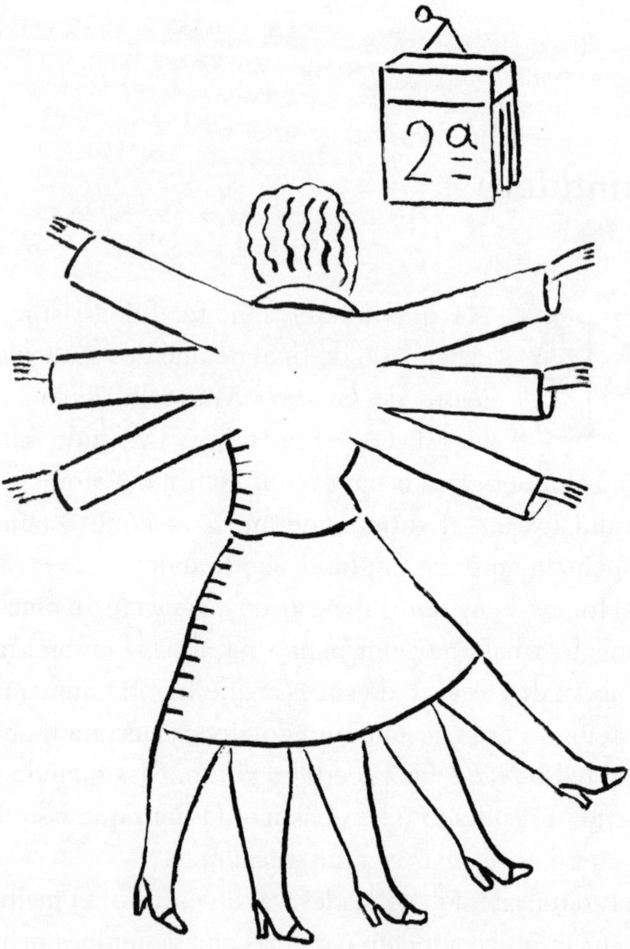
2ª

Bem bom

Mal acabou a São Paulo Fashion Week, cheia de elogios, e logo começou a Fashion Rio. Mal acabaram as férias e já-já chega o Carnaval: ainda bem que sempre existe uma coisa gostosa lá adiante.

Aliás, é de coisas gostosas mesmo que devemos rechear nosso dia-a-dia. Eu, por exemplo, tomei uma decisão: nada de começar a semana, segunda-feira de manhã cedo, com academia ou ginástica... Calma, espera aí, eu gosto, sim, de malhar – e muito. E adoro praticar ioga, Pilates!

O que eu não agüento mais, e decidi este ano evitar ao máximo, é fazer tudo correndo. E se eu começar a semana já agitada, segunda-feira às oito da manhã já correndo, a coisa, para mim, fica difícil...

Por outro lado, se a gente marcar um compromisso gostoso todas as segundas-feiras, a "coitada" deixa de ser a vilã da semana. Não parece muito difícil. Um pouco de esforço, outro tanto de bom senso e criatividade resolvem o problema. Quer apostar?

O pulo do gato

Tá bem que eu fui superatrasada, mas o fato é que fui finalmente assistir, no fim de semana, ao filme *O filho da noiva* – e ainda estou sob efeito dele. Graças a Deus, aliás: nada como pegar carona num filme, livro ou qualquer manifestação artística. Faz bem para a alma – e, afinal, não é isso o que a gente quer?

Esta semana, antes mesmo de eu ir ao cinema, tive de lidar com uma situação supostamente difícil: ajudar alguém da minha família. Nada de muito grave, mas uma coisa que requeria carinho, cuidado e muita atenção. No meio da correria de todo dia, achei, a princípio, que não iria dar tempo. Mais uma tarefa para mim?

Depois de muita discussão em família, resolvi assumir a questão, mesmo que eu estivesse na correria. Sabem o que aconteceu? Foi como se eu tivesse descoberto a pólvora. Impressionante como, desde o primeiro momento em que assumi todos os cuidados, comecei a me sentir... feliz! Isso mesmo, muito feliz de poder ajudar alguém que precisava de ajuda.

Comentei isso com meu analista, que me veio com a seguinte história: no judaísmo, quando se ajuda alguém, deve se dizer obrigado. Agradecer por ter tido a chance de praticar o bem. Está explicado?

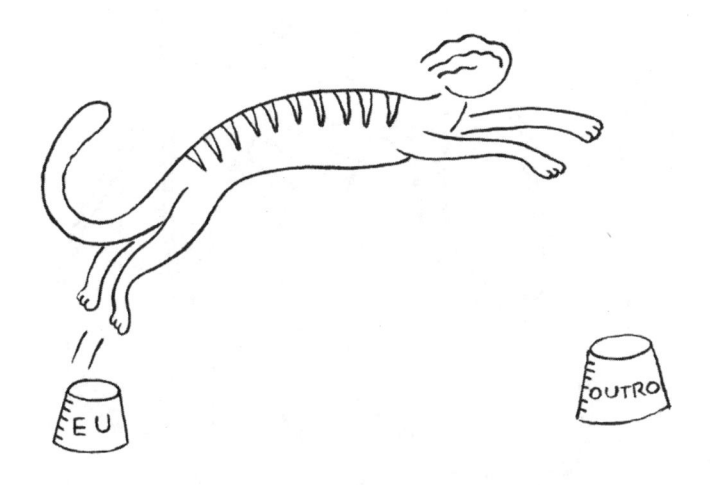

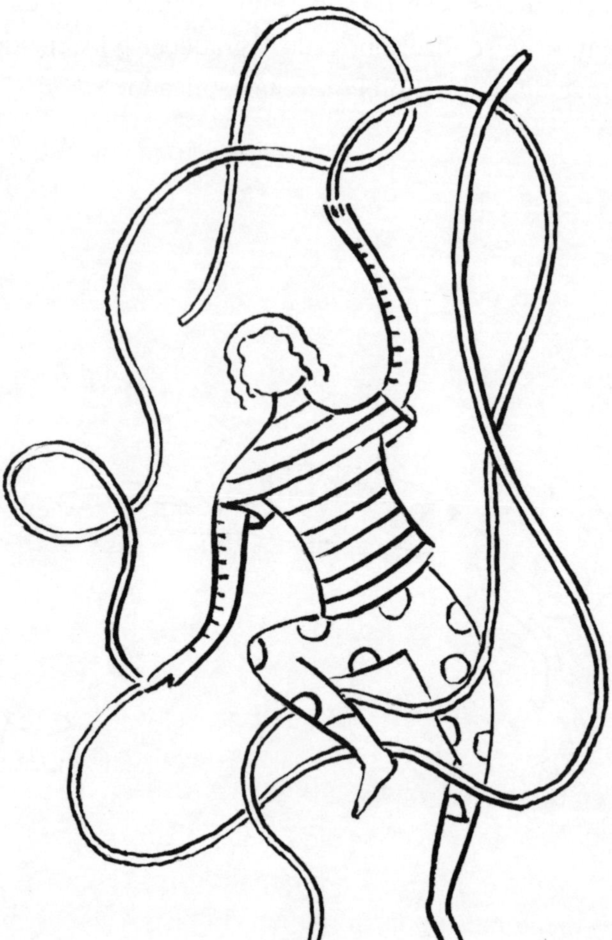

Bálsamo

Que loucura! Não sei se o Brasil fica mais alvoroçado na véspera do Natal (como o mundo todo) ou se na véspera do Carnaval! E o que é pior: além de todas as más notícias no mundo, no Brasil e em São Paulo, parece que ainda há um clima de ansiedade no ar – e que não deixa ninguém sossegar.

Posso falar a verdade? Eu adoro esse alvoroço – de festa, bem entendido. Adoro quando o Natal está chegando. E amo mais ainda esse agito pré-Carnaval. Muita gente prefere se retirar nos feriados, descansar... e acompanhar tudo, sem desgrudar o olho da televisão!

Eu sou do tipo exagerado: adoro Carnaval, tanto no Rio quanto em Salvador. E quando chego em casa, nos dias de folia, ainda grudo na TV para acompanhar todos os lances. Seria coisa de jornalista? Acho que não... Seria coisa de curiosa? De festeira? Nada disso. Isso é coisa de quem precisa lavar a alma.

Carona

Se não fosse essa maldita gripe que teima em me pegar, eu ainda estaria de carona no sol, no alto-astral e na alegria do Carnaval de Salvador. Sim, porque bom mesmo é chegar de volta a São Paulo, mas trazer bem guardado, em algum lugar da alma, um raio de sol, uma alegria, uma luz, apesar de todas as adversidades do momento – e olhe que não são poucas, não...

Não é fácil manter o gostinho do "doce" no céu da boca, olhando para a paisagem cinzenta de São Paulo e para a chuva que cai toda tarde. Mas nada que um esforço de "reportagem" não resolva. Hoje, por exemplo, eu vinha vindo pela Marginal Pinheiros, pensando no mar, ou melhor, no tempo que eu ficava no mar, andando, com aquela sensação de ficar meio diluída no todo...

É muito bom a gente se sentir pequenininha, apenas parte mínima de um todo enorme. Às vezes, é muito bom, e importante, a gente perceber que não é nada em relação ao universo, apenas um pontinho... De vez em quando, eu bem que me pego de carona nas sensações que me marcaram nos últimos tempos.

Isso serve para aliviar um pouco a alma. E também serve como dose extra de fôlego até o próximo "refresco"...

Tempo de resguardo

Os Estados Unidos ameaçando invadir o Iraque, um juiz linha-dura assassinado, o crime organizado fazendo e acontecendo: as coisas não estão fáceis, não. Já estiveram pior? Não sei: ouso pensar que não. Porque, além disso, tem a crise "braba", mundial e no Brasil.

O que mais me angustia é ver cada vez mais gente sendo mandada embora. Gente boa que corre o risco de ficar sem emprego, porque emprego virou artigo em extinção. Não quer dizer que isso não vá mudar, que as coisas não possam melhorar. Eu, pessoalmente, quando não estou vendo tudo cinza-chumbo, até acredito que o governo vai começar a andar, mexendo com a economia, gerando negócios – e empregos...

Acho também que essa guerra absurda não deverá durar muito – segundo especialistas no assunto. Mas o que fazer enquanto isso não acontece?

O filho de uma amiga de minha mãe encontrou uma saída: desempregado no momento – ele trabalha com pedras preciosas e se interessa por religião –, ele tem visitado algumas pessoas, amigos ou conhecidos seus ou de sua família.

Marca hora antes, pede para ser recebido. Mais um pedido de emprego? Nada disso: ele diz que enquanto está sem trabalhar, emprega seu tempo fazendo visitas e contando histórias e parábolas. Trazendo boas coisas, em outras palavras.

A força de cada um

A guerra está mesmo feia – e não estou falando apenas do Iraque, não. A guerra aqui: no Rio mais, em São Paulo um pouquinho menos. Todas essas bombas, tiroteios, mortes de inocentes, o poder paralelo, realmente a coisa está feia. Não é à toa que as pessoas, nós, estamos procurando saídas viáveis, cada um a sua.

Meditação, aulas de ioga, benemerência. Também redescobri, por mim mesma, a volta de valores quase esquecidos, como a delícia de ficar à noite em casa, com conforto e segurança, por exemplo.

Outro dia passei, no final da tarde, pela casa de minha mãe. Lá estavam também minhas duas irmãs. De repente, estávamos nós quatro conversando, no quarto de minha mãe. Na hora senti uma coisa muito boa, gostosa, reconfortante.

Depois que fui embora, continuei sentindo aquele gostinho na boca, a sensação de resguardo, de intimidade, de amor. Coisa difícil de sentir hoje em dia – e, principalmente, em tempos de guerras de vários tipos.

A questão é a seguinte: temos de aprender que, se quisermos algo diferente do que está aí, temos de nos esforçar, temos de mudar – e muito. Cuidar de assuntos que antes pareciam não ser de nossa alçada. Taí a prova de que são.

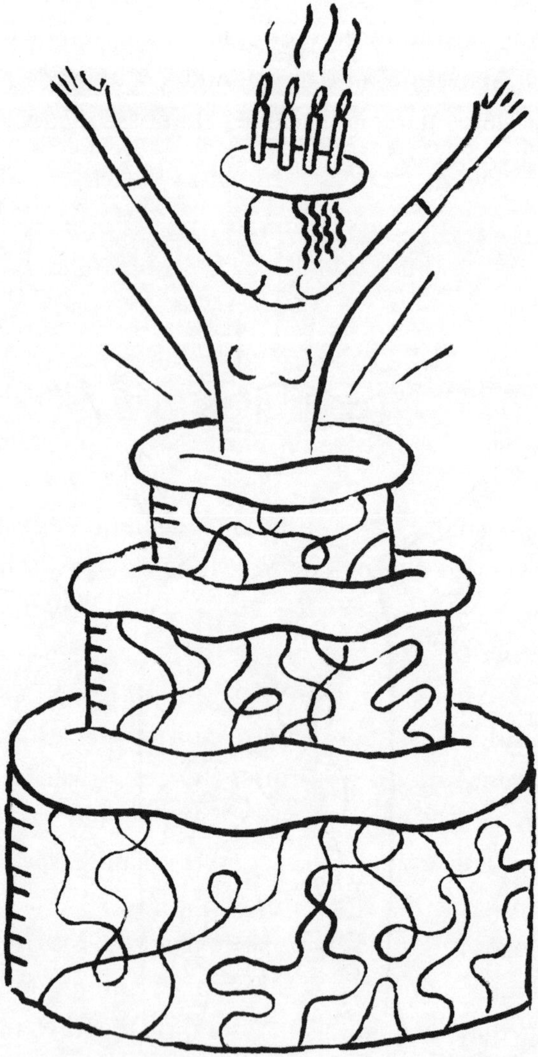

Como uma onda no mar

Ufa! Como deve ser difícil nascer... Digo isso porque os dias, ou melhor, as semanas antes do aniversário são geralmente muito esquisitas – para não dizer difíceis, tristes mesmo. Deve ser aquele medão que dá das coisas novas, do desconhecido. Medo de sair da barriga da mãe, quentinha, segura, e cair de cara no mundão. Que *punk*...

Aliás, é isso mesmo que a gente sente na véspera do aniversário, essa sensação esquisita de estar tudo cinza, sem saber o que vai acontecer... Mas como o mundo gira, e hoje em dia, bem rápido, as coisas mudam. E eis que, no dia seguinte ao aniversário, novo ano, uma vida nova que dura 365 dias.

Fôlego renovado, votos renovados: isso eu não quero mais, aquilo eu vou buscar. Assim é que se faz: mesmo quando a paisagem é sombria, negra, o negócio é não desmoronar. Porque uma coisa é certa: assim como as nuvens, coisas ruins também passam logo.

Os devotos

Não sei por quê, ou melhor, sei sim, mas cada vez aumenta mais o número de devotos de Sai Baba. Trata-se de um guru indiano, alto-astral, que já ajudou muita gente boa, em dificuldades, a superar seus problemas.

Na Índia, é cultuado de uma maneira que lembra o nosso Chico Xavier, mas sem contato com o além. Eu, por exemplo, tenho vários amigos, aqui no Brasil, devotos de Sai Baba. Dou a maior força: tudo que é devoção, sem fanatismo e que ainda faz bem, conta com meu apoio.

Eu, por exemplo, acho que também estou virando devota: devota da ioga. Hoje de manhã eu estava pensando justamente nisso. Porque a gente vira devoto, na verdade, de algo que a gente descobre que faz muito bem, que ajuda. Trata-se de uma conquista pessoal.

De tanto respirar nas minhas práticas, que hoje em dia são "n" vezes por semana, mas que eu sonho se tornem diárias... Bem, nessas práticas, a respiração é intensa. E de tanto respirar, enquanto se pratica as posições conhecidas como "asanas", a gente atinge um estado quase que de graça, de plenitude. E o que é melhor: sozinho, sem depender de ninguém.

Acho que, no fundo, todo mundo deveria ser devoto. Não interessa de quem, ou de quê. O que vale é a devoção.

Nadando contra a maré

Desde sempre sou fissurada em assistir a campeonatos de surfe na televisão. Quanto maior o "tubo", mais eu vibro: aquelas ondas enormes – e eu, instalada na minha cama, com um balde de pipocas, curtindo tudo aquilo. Sempre quis fazer surfe, só que nunca fui à luta. Talvez tivesse um pouco de vergonha, no fundo... Só que agora as coisas estão mudando – ou eu estou mudando...

Outro dia vi na TV uma reportagem sobre um curso de surfe em São Paulo. Isso mesmo, em uma piscina, curso preparatório, para depois ir ao mar. Pois se eu não vou ao surfe, parece que o surfe praticamente está vindo a mim.

O curso fica bem no meu caminho de todos os dias. Senti aquele frio na barriga, de novidade, de desafio – e acho que vou à luta. A questão não é o surfe, e, sim, ir atrás dos nossos sonhos.

Se dá trabalho, se é difícil começar a esta altura, depois dos 40, se não tem a ver com o momento, pouco importa. Importa o que isso representa: mudar o cenário, o figurino, as conversas paralelas e os desafios.

Ambiente de respeito

Este fim de semana eu tive uma experiência totalmente nova para mim – e vocês já perceberam como gosto disso... Eu estava no Rio e fui a uma gafieira. Tá bom que talvez eu estivesse um pouco atrasada, pois a moda de ir à Estudantina, onde eu debutei sábado, já passou.

Mas naquela época não era o meu tempo de ir a gafieiras – era o tempo em que a Estudantina virou quase que *fashion*, quando até Preta Gil deu uma festa lá e os cariocas freqüentavam, como um programa *cult* de fim de semana. Era o tempo deles... mas não era o meu.

Minha vez só chegou agora. Fui lá com um grupo de amigos de todos os tipos, paulistas e cariocas, todos divertidos e alto-astral. Como nossa guia e mentora, a autora de novelas Glória Perez. Rainha da Estudantina, mulher maravilhosa, forte e talentosa – além de tudo, dança como ninguém.

Aprendi sábado, na Estudantina, a entender o prazer que os freqüentadores comuns têm ao rodopiar pelos salões, aos pares, sempre perfazendo o mesmo circuito, ao som de um conjunto, com *crooner* loira e tudo o mais – muito bom, aliás.

Sim, porque lá não se pode dançar na contramão. Também não se pode beijar, assim beijo na boca. O estatuto da gafieira é coisa séria. Assim como dançar, só querendo mesmo ser feliz.

Admirável mundo novo

Ultimamente descobri um prazer que eu nunca havia sentido: dar aula. Isso mesmo, dar aula – mas não em classe... Na verdade, estou fazendo um curso de Cabala que está mexendo com minha vida – no bom sentido, é claro.

E meu motorista, de tanto ouvir falar sobre a tal aula de Cabala, quis saber do que se tratava. Eu comecei a explicar – e ele gostou tanto que a cada quarta-feira, quando saio da aula, começo a dar minha própria aula, explicando e repassando tudo o que aprendi. Ele adora – e me disse que está explicando também para um irmão dele, recém-operado, que vem se recuperando.

E mais: que as "aulas" estão ajudando a todos... Eu, de minha parte, estou encantada. Nunca tive paciência para dar aula alguma, nem para muitas explicações. Agora me pego dando exemplos, explicações, tudo para fazer meu motorista – e companheiro de várias horas do dia – entender esse mundo novo para ele, e fascinante, da Cabala.

Percebi também que não estou encantada só com o aprendizado da Cabala: estou encantada com a nova possibilidade de poder repassar ensinamentos, antes inacessíveis, para pessoas tão interessadas em ir além.

Novos temperos

Às vezes, encontro amigos meus que não vejo há tempos com um ar meio aéreo, algo meio *blasé*, meio sem tônus... Sei direitinho do que se trata, porque eu mesma, tempos atrás, me sentia mais ou menos assim. As coisas até que estavam em cima, mas eu é que estava meio esquisita. Não era depressão, não. Nem angústia. Talvez uma certa melancolia...

Quase sem perceber, comecei a fazer coisas que eu nunca tinha feito antes. Primeiro foi ioga. Mudou minha vida, porque comecei a sentir um prazer muito diferente durante as práticas. Uma sensação gostosa, plena, que eu não havia sentido antes: caiu como um cobertorzinho de *cashmere* em uma tarde fria...

Depois, segui em frente. Há uns dois anos estava interessada na Cabala: patinava, patinava, e nada. Depois de encontrar um professor de quem eu gostasse, e com quem comecei a estudar, minha vida mudou. Fiquei mais ligada nessa coisa nova, cara para mim, nesse canal novo que abriu um mundo também novo pra mim.

Até minhas conversas mudaram, afinal, um tema novo – e fascinante – havia entrado em minha vida. E o que é melhor: a cada prática nova que eu me dedicasse, fosse ioga ou Cabala, vinha junto um novo grupo de amigos, novas pessoas com as quais comecei a sentir afinidade – e que antes não faziam parte de meu dia-a-dia. Sabe aquele ar de enfado? Sumiu.

Love love love

Hoje de manhã vi na academia onde treino uma garota com uma camiseta na qual se lia "I love my body". E logo hoje que eu queria falar de amor... isso mesmo, de amor.

Tive uma aula esta semana – não na academia, claro... –, em que o tema era amor, almas gêmeas, etc., etc. Apesar da camiseta que me desviou para uma linha totalmente oposta à que eu queria seguir, vamos lá, voltar ao início.

Na aula se falou sobre o que queria dizer alma gêmea. Nada daquilo que a gente pensaria originalmente, alguém com quem a gente tem "tudo a ver", com quem ficar junto é sempre uma delícia, alguém com quem tudo rola na maior facilidade... nada disso!

Aprendi que alma gêmea é aquela que nos ajuda a melhorar, nos ajuda, por meio dos defeitos dela, e das dificuldades que temos em lidar com ela, a enxergar com mais clareza onde temos de nos corrigir. Gostei do que ouvi. Bateu.

Nessa minha nova fase, prometo, inclusive, não falar *arrggghhhhh* ao ler camisetas com esse tipo de inscrição.

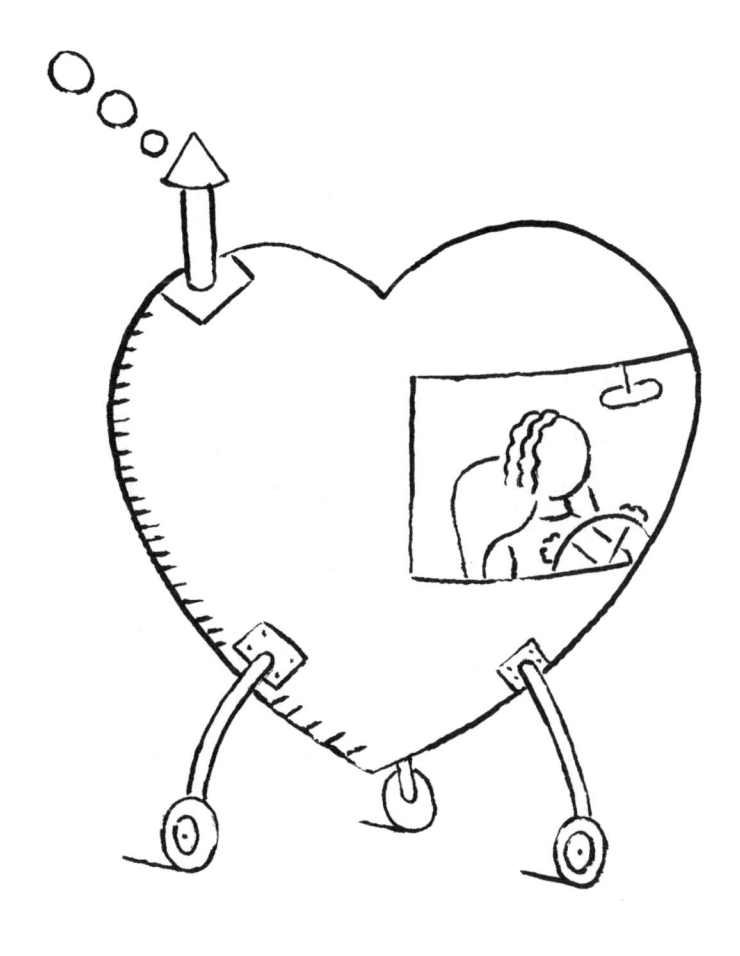

Gaveta mágica

Como é bom sair de férias! Como é difícil voltar das férias! Desta vez, pelo menos, não fiquei doente, não arranjei uma gripe ou qualquer coisa do gênero, mas fiquei meio assim, incomodada com a paisagem, com os arranha-céus, com a poluição, com o medo de todo dia.

Desta vez, resolvi inventar um jeito de continuar "de férias". Primeiro: como vim do verão, continuo usando sandálias todos os dias – e noites. Se passo um pouco de frio às vezes, pelo menos sinto que ainda estou meio que de férias – e o que é melhor, sinto-me no verão.

Outra estratégia que tem me ajudado muito: de vez em quando, fecho os olhos e trago de volta a imagem que eu tinha em Taormina, última cidade pela qual passei antes de voltar. É a vista da varanda do meu quarto, transbordante de cores, aromas e sentidos...

Como é delicioso trazer dentro de nós tudo o que é bom, tudo o que é intenso, envolvente e, de certa maneira, até mesmo perturbador. Trazer – e recorrer a tudo isso cada vez que uma boa sensação precisa substituir uma outra nem tanto assim...

O brócolis

Hoje na hora do almoço eu comi um brócolis diferente. Fui atrás, perguntei para a Neide, minha cozinheira, que me disse que era uma novidade: um brócolis japonês...

O fato é que era uma pequena delícia. Um "oásis" – e olha que nem engorda! – no meio das confusões do dia. O tal brócolis e sua simplicidade quase que irritante me fizeram lembrar de uma amiga, que sempre encontrava no banheiro da "Folha", onde eu trabalhava. E sempre depois do almoço, na hora de escovar os dentes. Ela, Marie, me falava que um dos prazeres do dia dela era aquele momento de escovar os dentes.

Biruta? Não: inteligente. Porque ela percebeu que era nesses pequenos atos do cotidiano que a gente tem de exercitar o prazer. Ou mesmo descobrir o prazer. Cada vez mais eu acho que Marie tem razão – e aproveito para agradecer à minha cozinheira Neide por ter me feito descobrir os encantos desse novo e maravilhoso brócolis. Quase tão bom quanto ficar em casa segunda-feira à noite.

Pronta para rodar

Eu estava ontem na minha aula de Pilates, fazendo meus exercícios direitinho. Achei até que estava indo muito bem – e olha que não é fácil... Mas, quando percebi que, finalmente, tinha conseguido chegar a algum lugar, Marcela, minha professora, disse: "Bom, agora vamos para o nível mais avançado". Confesso que, apesar de ter ficado feliz, fiquei também meio frustrada. Logo quando eu consigo chegar lá, me dão algo mais difícil pra fazer? Percebi que isso acontece quando pratico ioga, quando atinjo alguma meta na academia, correndo ou subindo naquele aparelho que parece uma escada – e que não chega nunca em nenhum andar! Cada vez é pouquinho a mais...

Percebi também que em tudo é meio assim – principalmente na vida. Quando a gente acha que chegou num determinado ponto, onde se pode relaxar um pouco, eis que vem mais uma "curva", mais uma "subida", outra "lombada". Isso é ruim? Pode até parecer. Mas, na verdade, roda foi feita pra quê?

Por que eu choro

Quando eu vi Maria Rita cantar pela primeira vez, no Mistura Fina, no Rio, eu chorei. Sei lá, fiquei emocionada, achei de uma força tão diferente... que chorei.

Sexta-feira passada, fui ao show de uma cantora portuguesa de quem eu nunca tinha ouvido falar... e chorei. Eu sou daquelas que assistem à novela de Manoel Carlos e, às vezes, chora. Muitas vezes, eu vejo ou ouço coisas que não quero nem ver nem ouvir, e choro. Às vezes, eu estou muito, mas muito feliz, e também choro.

Sinceramente, acho que sou mesmo uma chorona. Mas de certa maneira gosto de saber que meus canais estão abertos: eu sinto, sinto muito mesmo.

Gosto de saber que estou viva, mesmo que tenha de pagar o preço, caro na maioria das vezes. Chorar é que nem cantar. Alivia a alma – e o corpo agradece.

P.S.: Esta terça-feira foi realmente um daqueles dias para esquecer... dia triste, cheio de gente triste. Morreu meu amigo Andrea Carta, uma pessoa gentil, inteligente, querida. Um cavalheiro, um empreendedor acima de tudo. Fica aqui minha homenagem.

Efeito dos raios gama

Impressionante o efeito de um verão sobre uma pessoa. Principalmente quando a gente vem de um inverno chato, cheio de cinzas. Principalmente quando a gente se sente cheia de cracas, de elementos não-identificados que adoram se alojar no nosso corpo na época do frio e nos dias cinza-chumbo.

Ainda bem que a coisa está mudando: este fim de semana que passou deu pra perceber muito bem, calor gritando em São Paulo – e no Rio, claro. Um monte de gente "vermelha" nos aeroportos domingo à noite, resultado de uma praia bem pega... O astral geral melhorando.

Camisetas sem manga, blusinhas decotadas, sandálias, óculos escuros. Cheiro de alegria no ar. Vontade de tomar sorvete de limão, chá *light* de pêssego. Sandálias com o pé bem de fora, casaquinho só pra não ficar insegura...

O Rio é outro quando o sol brilha. Até São Paulo é outra quando a luz se instala. Não é à toa que, quando a gente reza, a gente pede muita luz.

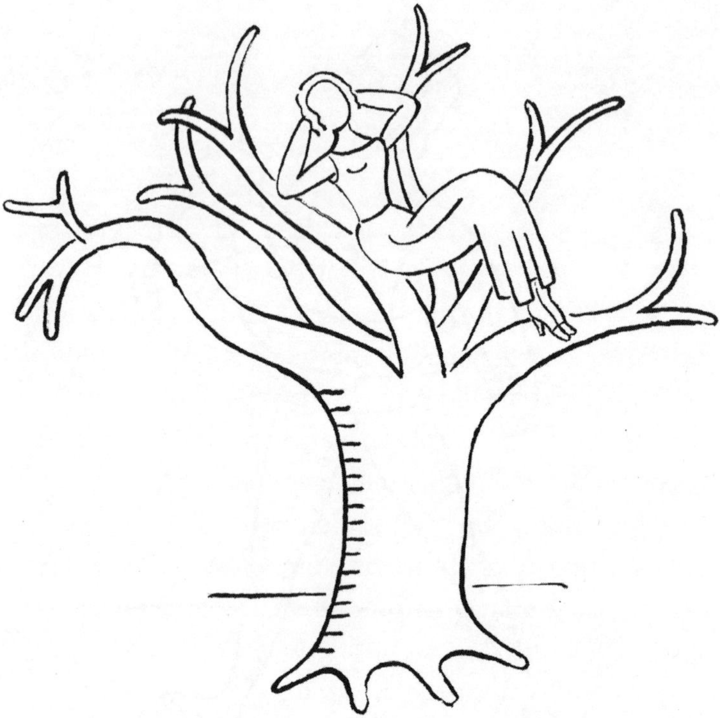

De galho em galho

Eu acordei sábado de manhã, no Rio, e estava meio assim, assim. Mesmo com um sol surgindo entre as árvores do Alto Leblon, tudo como eu gosto, eu estava meio assim...

De repente, ouço meu sobrinho de 12 anos, Daniel, gritar, me chamando para ver um macaco. Isso mesmo, um macaquinho de verdade, que pulava de galho em galho numa árvore que dá justamente para a janela de meu apartamento. Daniel ficou eufórico. Eu, então, parecia que nunca tinha visto um macaco! Na verdade, eu nunca tinha visto um macaco em plena cidade, pendurado num galho, saltitante, feliz da vida.

Isso foi só o começo de um dia que acabou se transformando num dia feliz. Fui à praia no Pepê, almocei no Celeiro, fui ao Shopping da Gávea, que eu adoro, dar umas bandolas, jantei com amigos na Osteria del'Angolo. Ah, também consegui ver o capítulo inteiro da novela *Celebridade*, deu até tempo, adorei. Eu me senti o próprio macaquinho.

Olha a melancia!

Esta semana, por uma ironia do destino, acabei parando no meio de uma feira-livre. Eu tinha de ir a um cartório, onde, aliás, sempre vou. Só não sabia que nesse preciso dia havia uma feira armada bem em frente...

O táxi parou na esquina, eu desci e fiquei andando no meio das barracas até chegar lá... E é justamente aí que estava toda a delícia: há quanto tempo eu não sentia aquilo! Há quanto tempo eu não ia a uma feira... Existe uma quase em frente à minha casa, mas cadê o tempo?

Só quando eu fui obrigada a andar por entre as barracas é que senti o quanto estava perdendo: perdendo a chance de ver todas aquelas coisas, frutas e verduras, peixes e sementes, tudo fresquinho. Estava também perdendo a chance de conversar com os donos e funcionários das barracas – porque eu adoro esse tipo de conversa, desencanada, descompromissada, em que a gente, ouvindo, pode sentir coisas que a gente nem acredita que ainda existam...

Gozado: a gente trabalha tanto, se esforça tanto para crescer, tudo para um dia descobrir o quanto é delicioso freqüentar a feira perto de casa...

Um dia de celebridade

Fui convidada recentemente para ter minha primeira experiência de celebridade. Se não a mais verdadeira, pelo menos a mais intensa... Isso porque fui participar de uma gravação da novela de Gilberto Braga. E aí, queridos, haja intensidade...Claro que aceitei o convite na hora.

Primeiro, porque adoro Gilberto Braga e suas novelas. Segundo, porque, afinal, alguns segundos como celebridade de novela não fazem mal a ninguém. Ao contrário: senti, por meio do convite, que meu trabalho é reconhecido – e valorizado. Nada mal, não?

No mais, é muito divertido – e mais interessante ainda –, para quem não é do ramo, participar de um dia de gravações no Projac. Um outro mundo, um mundo fora do mundo, com outros conceitos, outro jeito de ser, outros códigos. Eu me senti uma abelhinha curiosa, atenta, assustada.

Para quem trabalha em TV, quando a luz vermelha da câmera se acende, é sinal de que se está no ar, a adrenalina sobe às alturas. Acontece uma coisa estranha, difícil de explicar...

No caso do Projac, assim que entrei lá, dei meu nome e passei pela catraca, senti que, naquele lugar enorme, naquele mundo, a vida era diferente. Era como se a luz vermelha ficasse ligada o tempo todo... Difícil voltar à realidade? Que nada! Continuo achando a vida real a melhor das ficções...

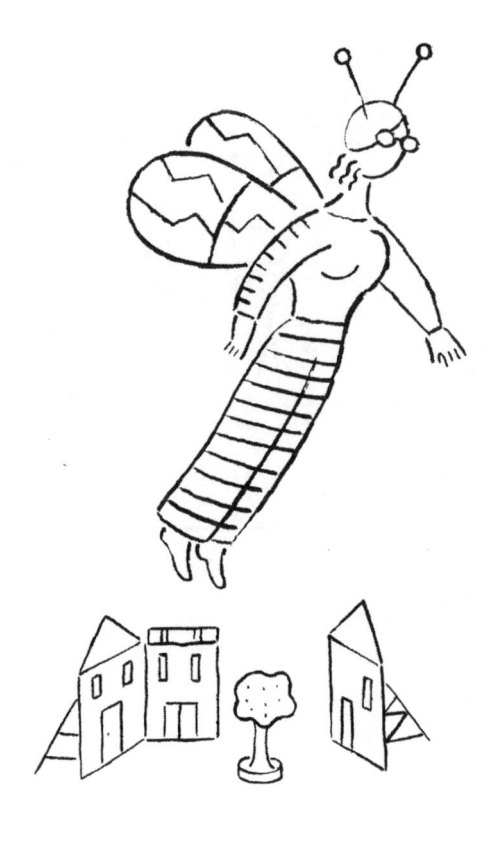

Tea for two

É. Não sei exatamente por quê, mas parece que este ano minha vida está mais agitada. Para incrementar esse ritmo, tenho viajado muito mais – e observado muito mais. Acabei de chegar de Londres. Três dias, muita correria, festa, Brasil na Selfridges, museus, Vivienne Westwood, parques, amigos. Tudo muito interessante, muito intenso, muito rápido. "Olha, Notting Hill não é lindo?". Olhei bem: é bonitinho, sim. A cara do Marais, meio Brera, ares de Palermo Viejo... Acho que o mundo anda mesmo muito parecido. Ou será que sou eu que estou muito exigente?

Não: o mundo está mesmo muito igual. Tate Modern, MoMA, Hyde Park, Central Park. A "temperatura", acredito, está no novo mundo. Nos países ainda não desenvolvidos. Aqueles que se esforçam, lutam para crescer. Aí está a graça. Para a aristocracia inglesa, eu respondo com o jogo de cintura brasileiro. Nenhum é melhor do que o outro. E, no final das contas, gosto mesmo é de voltar para casa...

New bossa

Nossa! Maio já está entrando e, pra mim, o ano mal começou... É louco como se produz em São Paulo. Como se corre de um lado para o outro. Como se trabalha... Ah, como se trabalha aqui! Mas também como a gente se diverte, como nos instruímos aqui em São Paulo.

Eu, por exemplo, mal dou conta de fazer o que gostaria. Não vou aos filmes, às exposições, galerias, concertos que adoraria ir. Não faço visitas a minha mãe e meus irmãos, nem a meus amigos. Esquisito, vocês não acham? É, alguma coisa anda errada. E eu tenho percebido isso no dia-a-dia.

Tenho achado graça, isso sim, na vida de quem estuda. Acho graça em quem passeia à tarde por Higienópolis. Quem vai à matinê, mesmo que de vez em quando. Sei também, tenho noção disso, que se minha vida fosse diferente, mais calma, eu ia querer justamente o agito.

Tenho uma amiga que estuda filosofia, um curso de pós-graduação. Ela conheceu e fez amizade com gente muito bacana no curso – como um padre, por exemplo, que virou seu interlocutor mais freqüente. Fiquei alerta. Outro dia, um antigo amigo veio em casa, Antonio Bivar. Foi com ele que aprendi a escrever dessa maneira, assim meio *cool*. Bivar é *cool*. E leva a vida, apesar dos pesares, dessa maneira. Pronto, entendi tudo: eu também quero ser *cool*.

Em homenagem

Essa semana foi muito esquisita para mim... Havia a cerimônia de *bar-mitzvá* de um sobrinho muito querido... e houve a morte repentina de um tio, também muito querido. As duas coisas aconteceram no mesmo dia: uma experiência muito estranha, de alegria e tristeza juntas. De começo e de fim. De vida.

Claro que fiquei muito mexida... Claro que não participei dos desfiles e festas da Fashion Week, estrelados em grande parte por amigos e conhecidos meus – mas isso eu recupero na próxima edição, não tem problema. A questão pior é o vazio que fica, a tristeza.

Meu tio tinha algumas limitações, o que fazia com que nós, da família, nos preocupássemos muito mais com ele. A gente cuidava da casa, da empregada, do supermercado, dos médicos, dos planos de saúde, dos complicados reembolsos – e até das confusões que ele arrumava...

É claro que o enorme vazio que a ausência dele impõe a gente já está sentindo. Ele parou de dar trabalho. E ele parou de nos dar oportunidade de praticarmos o bem. Ele fica me devendo essa...

Guarda-chuva

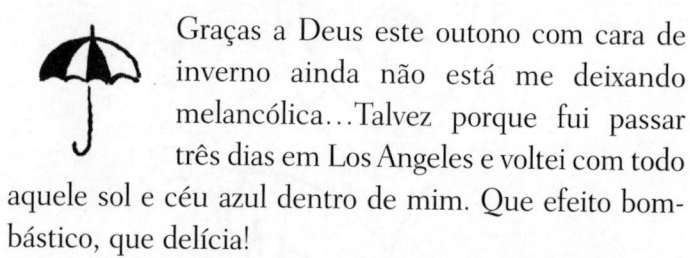

Graças a Deus este outono com cara de inverno ainda não está me deixando melancólica...Talvez porque fui passar três dias em Los Angeles e voltei com todo aquele sol e céu azul dentro de mim. Que efeito bombástico, que delícia!

Mesmo com aquela cara, aquele jeito de cidade quase mal-assombrada, já que não tem uma alma viva na rua, Los Angeles tem um jeito pra cima. Astral. Fui para a estréia da turnê de Madonna, foi muito bom ver de perto o jeito que ela é, como trabalha, como se manifesta. Só não foi bom ver o jeito que o marido dela, Guy Ritchie, a trata.

Confesso que assim, do jeito que eu vi, não gostei. Não gostei de ver uma mulher chegar onde ela chegou e ainda ter de lidar com um marido que disputa espaço e atenção com ela. Achei tudo isso mal-parado. Uma coisa que não me caiu bem.

Ainda bem que ao chegar de volta, no aeroporto, fui oferecer carona a uma amiga que viajava junto – ela agradeceu, mas disse que não precisava. O pai dela estava lá, todo bonitinho, esperando a filha. Às seis da manhã. É disso que uma mulher precisa.

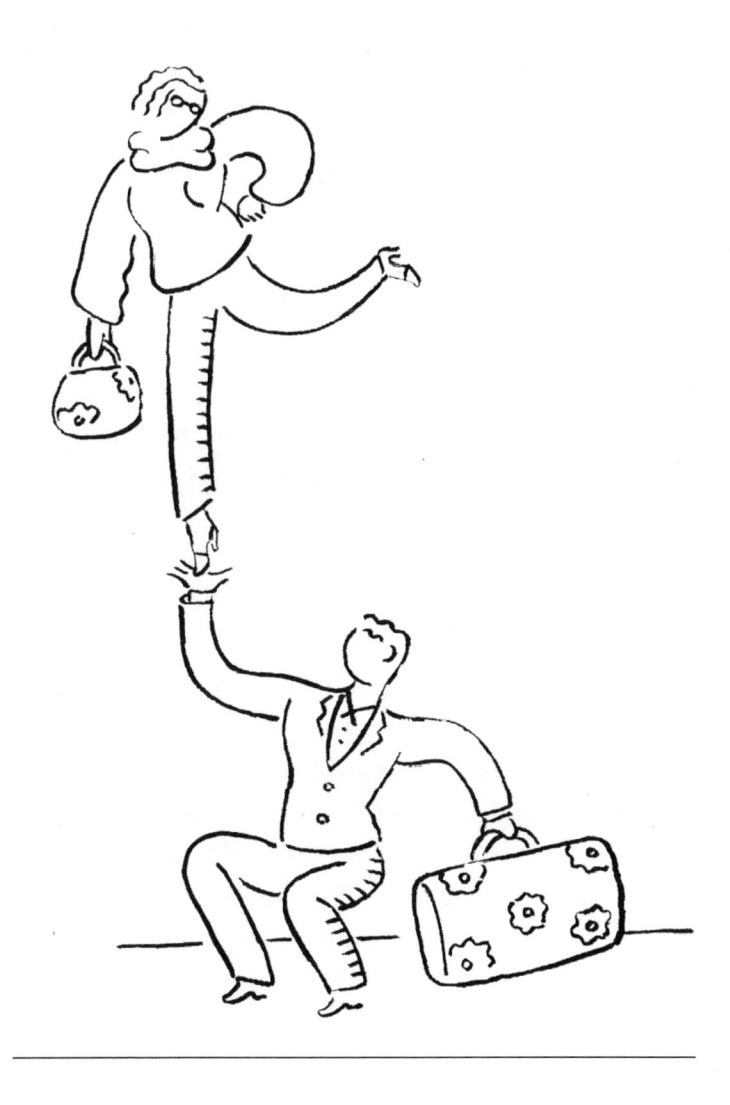

Sobre cachorros e homens

Não acho que eu esteja ficando *blasé*, não... Mas o fato é que o que eu mais tenho gostado de fazer, nos últimos tempos, é ficar em casa, junto com meus cachorros. Às vezes ao lado deles, às vezes eles em cima de mim, às vezes nós três no chão. Cada vez mais eu acho graça neles dois – não que eu não ache graça nos humanos... Mas cada vez me sinto mais feliz ao lado dos meus cães. A gente troca carinhos, a gente brinca. Nós três. Gosto muito também de ficar observando o comportamento dos dois: um macho, mais velho; e uma fêmea, mais moça.

Vejo-o quieto num canto, na boa. Ela chega, cutuca, cutuca, até ele vir brincar com ela. Depois começam a brigar. E depois voltam a ficar aos beijos... Coisas da vida. Coisas do amor. Parecem dois adultos. Parecem duas crianças. Outro dia me peguei falando, numa mesa de amigos num restaurante, que a coisa que atualmente mais gosto de fazer é ficar em casa com meus cachorros – isso quando a conversa girava sobre quem gostava de festas, de sair à noite, de baladas, etc., etc.

Eu falei que, entre sair e ver um monte de gente, preferia ficar em casa com os dois peludos. Percebi um susto no meio do salão – e até eu estranhei minha própria colocação. Mas serviu para eu me entender um pouco melhor. Taí: gostei.

P.S.: Este texto é dedicado ao Cleto e à Dolores.

A descoberta do mundo

Ultimamente, uma palavra tem chamado minha atenção – e não exatamente porque esteja sendo muito usada, mas talvez porque eu esteja empregando-a com mais freqüência: "dignidade".

A dignidade é fundamental para as pessoas, mas pouca gente se lembra dela – mesmo porque, por uns tempos, parecia ter caído em desuso. Mas hoje me pego falando sobre "ser digno" com muito mais recorrência do que antes. E talvez por isso me sinta até mais feliz.

Uma das últimas vezes em que pensei nesse tema foi domingo, durante o espetáculo de Ivaldo Bertazzo, no Sesc Belenzinho*. A noite estava gelada, era um domingão, que, aliás, adoro passar em casa... mas fui. Muita gente tinha me recomendado o espetáculo, eu sempre adorei o trabalho de Ivaldo, dança, corpo, mente... mas, desta vez, realmente, ele se superou.

E justamente por ter, juntamente com toda sua concepção do que é um bom espetáculo, conferido dignidade a um grupo de jovens de comunidades carentes: eram eles as estrelas do espetáculo. E o que era mais incrível: a cara de felicidade de todos os bailarinos.

Raramente percebi uma alegria tão verdadeira em situações do gênero. Isso, acredito, porque alguém ali havia descoberto o talento deles e os colocou num palco, iluminado. E com direito a muitos, muitos aplausos no final...

Nessa hora, deu pra sentir muito bem o quanto eles são todos dignos. É justamente assim que se pode ajudar os outros: permitindo que sejam dignos de todo o aplauso que – quase – todo ser humano merece.

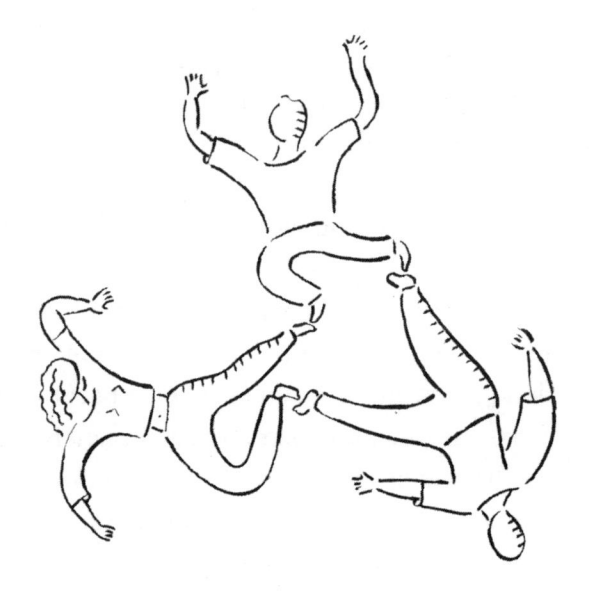

---

* Unidade do Serviço Social do Comércio situada no bairro Belenzinho, em São Paulo, capital.

Ensaio de orquestra

Fui assistir no domingo que passou a um concerto da Osesp, a orquestra comandada pelo maestro John Neschling, na Sala São Paulo. Ele ficou mais próximo de mim, pode-se dizer assim, porque casou com uma grande amiga. Portanto, meu interesse era pelo profissional talentoso, carismático, polêmico – e pelo homem que casou com uma mulher maravilhosa, minha amiga.

Quando ele começou a reger, senti minha cabeça funcionando numa freqüência que ia além do som magnífico que invadia a sala inteira. Comecei a prestar atenção aos movimentos, percebendo a maneira como ele conduzia aqueles músicos todos – e como o resultado daquilo era uma sensação maravilhosa.

É claro que quando a gente vê o resultado final, nem imagina o quanto de trabalho, o quanto de ensaios, discussões, polêmicas e disputas foram necessários para se chegar lá. Mas o que mais me chamou a atenção foi ver como alguém conduz – e como os outros são conduzidos. Como cada um tem seu papel, importante no individual e fundamental no todo. Como é vital conduzir bem – e como é importante ser bem conduzido.

Está aí o segredo da vida: não deixar ser conduzido quem nasceu para conduzir. E, principalmente, não se colocar para conduzir quem nasceu para ser conduzido.

Sobre a amizade

Eu, que me apego tanto a pessoas, cachorros e até a coisas, estou irremediavelmente apegada aos últimos dias de *Sex and the City*. Claro: com o final da série chegando, até as próprias garotas estão com cara de tristinhas, desanimadas, chorosas. E eu, junto, no mesmo clima, na mesma sintonia.

Sou uma vítima da televisão: compro produtos de limpeza, eletrodomésticos, rio e choro, tudo bem ao gosto do freguês. E mais uma vez estou às vésperas de me sentir órfã de alguma série ou novela que eu goste. É triste. Muito triste.

No capítulo em que Carrie se despede das amigas para morar em Paris... eu me vi praticamente às lágrimas. Que dilema, hein? Paris ou três amigas de cama e mesa, daquelas que a gente raramente encontra juntas numa única encarnação? Vida difícil a dessa Carrie...

Eu tenho de confessar que chorei quando vi o último jantar das quatro amigas em Nova York. Porque, para mim, amizade é muito. É o que segura. Amiga a gente escolhe, é muito exigente – e, ao contrário de outros tipos de relacionamentos, raramente se arrepende. Para mim, amizade é muito: é quase amor. E, por favor: que ninguém me faça largar algum amor.

Tiro de meta

Não sei se eu sou esquisita, estranha, diferente, seja lá o nome que for. Mas a questão é que eu nunca tive metas na vida. Nunca quis ser nada mais do que eu era, nem num futuro próximo. Acho que, na verdade, sempre gostei de ser o que eu era. Isso não quer dizer que eu não gostaria de ter sido mais magra, aliás, de ser mais magra... mas isso é uma outra história.

Mesmo não tendo metas pela frente, me vi, nos últimos tempos, muito motivada, feliz mesmo, cada vez que surgia na minha frente a frase *"goal attended"*. Isso acontecia sempre que acabavam os 30 minutos programados no aparelho de ginástica, que parece uma escada, na academia que freqüento duas vezes por semana.

Comecei fazendo apenas 3 minutos nesse maldito aparelho, quando meu treinador praticamente me jogou lá. Não adiantava reclamar, que ele não me deixava abandonar a tal "máquina mortífera"... Hoje faço

30 minutos, a caminho dos 40. Cada 30 minutos desses equivalem a 72 andares de um prédio. E cada vez que a máquina, programada para desligar depois de 30 minutos, atinge a meta, aparece o tal *"goal attended"*.

Vocês não imaginam a sensação, sempre que surge essa frase "milagrosa" na telinha. É uma sensação de vencedora. Uma coisa que eu não sabia o que era, pois nunca tinha colocado metas à frente. Bobagem: pena que só saquei agora. Aliás, recomendo.

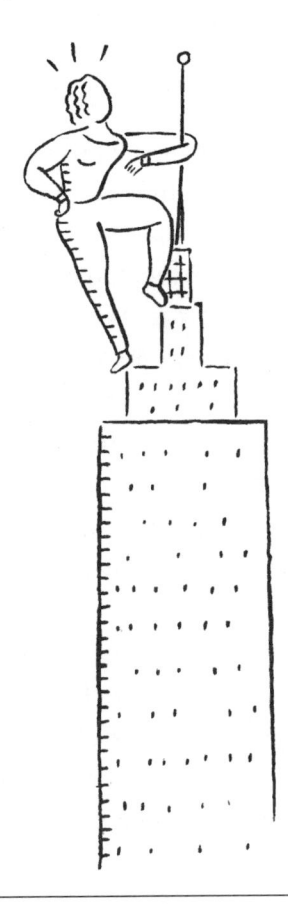

Moral da história

Nos últimos tempos tenho chorado um bocado. Com certeza porque justamente nos últimos dois meses perdi pessoas queridas, que me fazem falta, cada uma a sua maneira...

Percebo que estou bem mais sensível, com tudo eu fico mexida. E não é que nesta segunda-feira, último capítulo do seriado *Sex and the City* – claro que eu tinha de falar algo sobre o tema –, me peguei aos prantos? Não devo ter sido a única, claro. Mas não chorei porque finalmente Carrie, a única, se entendeu com Big.

Sou romântica, sou mulherzinha, mas tenho noção que, mesmo com aquela cara de *happy end*, Big vai continuar estressando nossa amiga, com suas inseguranças. Ossos do ofício. Mas o que me deixou muito, muito comovida, foi quando Carrie percebeu o que tinha deixado em Nova York – e do que sentia tanta falta.

Não, não eram os Manolos – esses ela podia muito bem comprar na Avenue Montaigne, eu mesma já comprei um par lá... Mas, sim, seu emprego, seu cotidiano – e, principalmente, suas três amigas.

Quando Carrie reconheceu a falta que as amigas faziam, o quanto eram elas que iluminavam sua vida – e não um grande amor –, aí, sim, eu chorei. Como a felicidade está bem mais perto do que a gente imagina... Desculpem-nos, rapazes, vocês podem ser, e são mesmo, ótimos – mas a gente só quer é ser feliz.

Um momento muito especial

Eu sempre gostei muito de Luigi Pirandello, um autor não como os outros. Assisti uma vez a uma peça dele encenada no Rio, *Assim é se lhe parece*, que mexeu comigo, mudou minha vida e me acompanha até hoje.

A peça mostrava que as coisas mudam totalmente de figura a cada olhar diferente, a cada pessoa que observava. Isso colou em mim e até hoje, uns 20 anos depois, continuo com trechos desse texto na memória.

Neste fim de semana que passou, fui assistir a um outro espetáculo, baseado em textos de Pirandello, *A poltrona escura*. Tanto tempo depois... O texto, a encenação, o ator Cacá Carvalho, me foram vivamente recomendados, todos premiados. E lá fui eu, na noite de sábado. Eram três histórias, três monólogos que mexeram comigo desde os primeiros dez dos cem minutos de peça.

Um banho de interpretação – e mais uma vez a certeza de que Pirandello é dos meus favoritos. Ele fala das sutilezas da vida como ninguém. Fala das fragilidades do ser humano de tal maneira que não há quem, em sã consciência, não se encaixe em algum papel, em algum momento – ou, como eu, em muitos, quase o tempo todo...

Fiquei muito emocionada, até chorei, muito, no segundo texto... Acho que é uma experiência que, apesar de estar sendo vivida por poucos, merece chegar a muitos. Quando Pirandello estiver passando perto de você, jogue-se. Você jamais vai se arrepender – mesmo que isso custe algumas lágrimas. E muita emoção.

Eu e a brisa

O ano novo está chegando... não o nosso, propriamente dito, mas o israelita, o Rosh Hashanah, que acontece na semana que vem. Embora muita gente não comemore – apesar de que tem muita gente que comemora sim... –, ano novo, de qualquer maneira, é sempre uma chance de pegar carona em coisas boas.

Eu, por exemplo, que festejo os dois, já estou sentindo aquela sensação gostosa, aquela brisa fresca de novos tempos. Como aprendi que nessa época do ano a dose de energia que a gente recebe é imensa, e que deve servir para o ano todo, eu, por minha conta, fico bem ligada no tema.

Aproveito para dar uma repensada no que passou, me preparar para o que estiver pela frente. Na verdade, acabo fazendo isso duas vezes por ano: em setembro, quando normalmente cai o Rosh Hashanah, e em dezembro, no reveillon propriamente dito. Por que eu não aproveitaria essa chance única?

Parar para pensar na vida, pelo menos duas vezes a cada 365 dias, é o mínimo necessário... Se bem que acho pouco, na verdade. Acho que todo mundo merecia mais que apenas esses dois momentos de reflexão. Mas o que vale é acreditar, empenhar-se e mandar ver. Qualquer que seja a crença, qualquer que seja a data a ser comemorada: eu estou dentro.

Holofote

Nossa: que bem faz um feriado prolongado! Não, não estou defendendo enforcar dias de trabalho, ainda mais num país como o nosso, onde precisamos mais é nos esforçar, cada vez com empenho maior, para irmos para frente, gerar empregos, crescer dando chance a todos.

Não, não é isso que eu quis dizer – estou falando sobre a necessidade pessoal de cada um em parar um pouco. Parar para respirar, pensar, refletir. Tudo isso, sem as angústias do dia-a-dia... Porque, todo mundo sabe, até respirar fica difícil na correria – daí é que surge a ansiedade, angústia e todas aquelas coisas chatas, decorrentes da vida moderna.

Por isso, é fundamental, de vez em quando, dar um basta. Não no país inteiro, mas na vida de cada um. A gente tem de saber a hora de dar uma pequena parada, tomar um refresco. Porque isso é fundamental para o bom andamento da máquina: corpo e cabeça. Que, aliás, podem render muito mais depois de um breve descanso. Além do mais, esse tipo de recreio é delicioso.

Eu fiz exatamente isso esses dias: fui a Trancoso, na Bahia. Consegui respirar bem fundo, andei muito, nadei, fiquei entre amigos, dormi bastante, relaxei. Na volta, meus neurônios, todos eles, agradeceram. Eu senti isso.

Curioso: na Cabala, a gente aprende que quando as coisas estão complicadas é hora de dar uma parada para permitir que a luz entre. É para isso que servem os feriados.

Sempre alerta

Eu, sinceramente, não acho que imagem seja tudo na vida – claro que não. Mas que conta muito, ah, isso conta. E o pior disso tudo é quando a imagem que não agrada é a nossa – e quem se sente desagradado é a gente mesmo.

Socorro – isso é péssimo! Detesto sair de casa correndo e perceber, por exemplo, no meio do caminho, que escolhi a roupa errada. Pior do que isso é quando saio de casa com a roupa de academia, carregando na sacola a roupa que vou usar depois do banho que tomo lá – e que deverá segurar bem as pontas até o final do dia. Quantas vezes eu já errei... Quantas vezes eu passei o dia inteiro me sentindo esquisita, por estar com a roupa errada... Para nós, mulheres, essa questão ainda é pior. Quer um exemplo? Eu, semana passada, cismei que o dia lindo combinava com uma saia cáqui bem clarinha e um pulôver bem relax, rosa-bebê.

O dia virou, ficou cinza-chumbo e eu, com aquela roupa nada a ver, me sentindo, no meu próprio trabalho, um ET. Cada vez que eu me olhava no espelho do banheiro, era uma tristeza só. Para piorar a situação, naquela semana eu estava usando óculos de grau com armação preta – que me davam um ar mais intelectual, vamos dizer assim. Só que não tinham nada a ver com a roupa também...

É: mulher sofre. Principalmente mulher que gosta de chegar aos lugares na hora certa, que não pode se atrasar e que precisa estar sempre bem apresentada. Eu resolvi optar: nos últimos dias, posso até chegar um pouco atrasada nos compromissos da manhã. Mas escolher a roupa na louca, isso, nem pensar...

Crédito automático

Na semana passada, eu estava me aquecendo para começar meu treino habitual na academia. Essa é a pior hora, se é que você me entende... Porque, pense bem, quando a gente está se aquecendo, é sinal que ainda faltam pelo menos 50 e poucos minutos para acabar a história.

Pois bem, estava eu lá me alongando quando olhei para a piscina aquecida, que fica no meu ângulo de visão, e vi uma fileira de pés-de-pato, todos coloridos, esperando alguém, ou muitos alguéns para calçá-los.

No ato me lembrei da Bahia, ou melhor, de Salvador, onde moram os meus pés-de-pato. E me lembrei na hora também do marzão verde do Iate Clube, onde me exercito com meus próprios pés-de-pato, verde-limão. Eles são meus companheiros de verão. Carrego-os todos os dias ladeira da Barra abaixo, até chegar ao Iate, depois ladeira acima, voltando pra casa.

Para mim, eles são a cara do verão. Tanto que bastou eu ver no horizonte um pé-de-pato coloridão para me lembrar das férias, do mar, do sol, de Salvador. Cheguei a sentir o gosto daquela água verde-esmeralda, o gosto do sal. Ser sensível tem lá suas qualidades: por exemplo, a gente consegue, mesmo que desencadeado apenas por um olhar, sentir um verão inteiro. Não precisa nem fechar os olhos: está tudo lá, armazenado no arquivo das emoções. E o que é melhor: o *download* é automático.

Alta infidelidade

Na semana que passou aconteceu uma coisa superchata comigo. Desculpem, mas eu vou ter de falar. Fiquei tão indignada que achei que o melhor a fazer seria dividir com vocês. Foi o seguinte: uma pessoa que eu considero amiga resolveu, para se dar bem na disputa de um prêmio em que a empresa dela concorria, que não haveria problema algum em fazer campanha contra mim.

É porque também eu concorro ao mesmo prêmio, embora em outra categoria. Simplificando: para tentar ganhar o prêmio, essa pessoa não se importou se iria me atropelar, me prejudicar ou até me magoar – vocês podem escolher a melhor expressão para usar neste caso.

Enfim, para vencer, a pessoa não hesitou em me anular. *Sorry...* mas eu tô fora! Logo eu, claro, que adoraria ganhar, mas que já fiquei feliz da vida só por ter sido indicada... Acho, realmente, que algumas pessoas não devem pensar que amigo tem de ter ética, fidelidade – ou, pelo menos, compostura.

Algumas pessoas acreditam que a única coisa importante é dinheiro – ou fama. Alguns não se contentam se não tiverem os dois – pois é justamente em relação a essas pessoas que a gente deve ficar mais atenta.

Eu, por exemplo, gosto tanto de dinheiro quanto de fama – mas não faço qualquer coisa pra chegar lá, isso não... Mas, depois de muita encheção, posso garantir que não estou nem aí. Nem preciso me preocupar. Sabe aquela teoria que diz que o mundo agora gira muito mais rápido? Acredito piamente. E o melhor: não tenho a menor pressa.

Exorcizando os fantasmas

Antes de mais nada, *sorry* pelo desabafo da semana passada. Gozado é que, às vezes, ou melhor, muitas vezes, me sinto bem melhor depois de escrever esta nossa conversa semanal – porque, para mim, escrever é como resolver algo, uma pendência que pode parecer que não existe, mas está lá, sim.

Cada vez que termino um texto, não as notas que também costumo escrever, mas este outro tipo de texto, me sinto muito bem. Mais leve, mais arejada, como se tivesse cumprido um dever. Isso mesmo: para mim, escrever é um dever. A diferença é que faço com muito, com grande prazer.

Descobri isso com o tempo, quando acrescentei ao meu dia-a-dia textos que não tinham a ver exatamente com jornalismo diário, não tinham esse compromisso com a informação. O fato é que hoje em dia minha vida ficaria oca sem estes textos pessoais.

Parece que é neles que eu sou mais verdadeira. Por isso acredito que todo mundo tem que, mais cedo ou mais tarde, encontrar uma maneira de colocar as idéias em ordem, de arejar a mente, de exorcizar os problemas. Isso não é só fundamental, como delicioso. Um exercício quase que de sobrevivência.

Claro que maneiras de fazer isso, existem infinitas. Ainda bem que a mim coube escrever: acho sublime. Recomendo muito – e assino embaixo.

Sobre a felicidade

Sabe a atriz Maitê Proença? Adoro-a. E agora, então, que ela deu para escrever, acho ainda mais graça nela – e olha que eu já a achava muito engraçada... Pois bem, ontem vi Maitê na Hebe, falando sobre a dificuldade que ela tem de fazer um texto bom quando as coisas vão bem. Isto é, quando se está com namorado que a gente gosta, sem dor-de-cotovelo, sem vontade de sumir, sem grandes questionamentos.

Maitê dizia algo como que, nessas ocasiões, quando as coisas estão na base do vento a favor, e não contra, fica difícil escrever um texto bom. Parece que as idéias somem, a inspiração se esconde.

Só que eu quero reverter esse quadro. Porque, no fundo, concordo um pouco com o discurso de Maitê – mas a questão é que adoro escrever, sinto a maior necessidade de sair por aí teclando no meu computador, compulsivamente, mas... quero ser feliz. Quero, pelo menos, ter direito a ser feliz.

E quero continuar escrevendo, muito. Esse negócio de dizer que talento tem a ver com sofrimento... pode até ser verdade. Mas eu adoro uma polêmica.

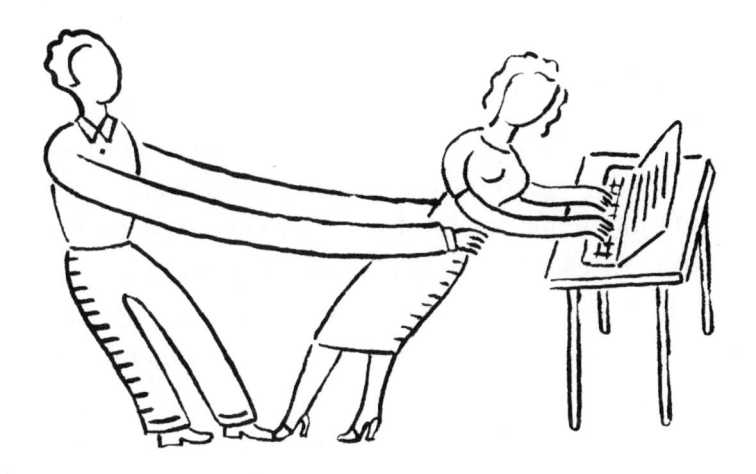

Lençol d'água

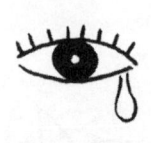

Por que será o benedito que a gente chora tanto? Não sei se todo mundo chora muito sempre, ou se é mais nesta época do ano, ou se todo mundo nem chora tanto... ou se sou eu que acho que choro mais.

O fato é que sempre fui meio torneira aberta. Em certas épocas eu meio que "melhoro", quer dizer, choro menos... Às vezes chego a ficar até quase um mês em branco. Mas, de repente, desandei a chorar de novo, muito.

Acredito, sim, que essa história de final de ano, estresse acumulado, tudo isso mexe muito com as pessoas. E mexe mais ainda quando a gente está com a sensibilidade mais aguçada, aberta – por isso artistas e pessoas mais sensíveis são sempre um pouco diferentes.

Mas o que interessa é que, no fundo, esse tal de choro tem sua função – e não é só lavar a alma, não. Outro dia aprendi que o choro, às vezes, é usado como uma forma de expressão. Sabe, quando a gente está tão exausta, tão cheia de pensamentos pipocando na cabeça? Nada de tristeza, muito menos de depressão – ainda bem. Apenas um cansaço tão grande que a única forma de se comunicar é... chorando. Estranho? Pode até ser – mas é verdadeiro.

Questão de conforto

Na virada do ano, no final de dezembro, fiquei pensando em uma conversa que eu havia tido com meu analista. Era sobre "turmas". Sobre como é importante, confortável, gostoso estar perto de quem a gente gosta, com quem a gente se sente bem, sente que tem coisas em comum.

A gente, eu e meu analista, estava discutindo sobre o final do ano, réveillon, férias – aliás, esse é meu assunto favorito... Confesso que nessa época eu estava muito estressada, ansiosa, angustiada. Fui melhorando e sentindo a importância de estar junto de quem a gente gosta, de quem a gente não precisa fazer gênero para agradar.

Não sei bem por quê, mas esse assunto veio a minha cabeça bem no final de mais uma temporada de moda na cidade, num momento de muita agitação, muito *frisson*, muita gente bonita, alegria, alguns choros e muitos egos em brasa.

Seria essa, a turma da moda, realmente uma turma? Será que eles se sentem assim, confortáveis, uns com os outros? Espero que sim. Porque, afinal, a lição que ficou mais forte para mim, no início deste ano, foi esta: se a coisa está complicada, se o mundo está cinza, se tudo parece perdido, procure sua turma. Ela sempre vai existir. A questão é descobrir onde ela está.

De novo na trilha

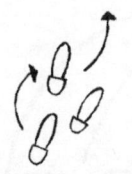

Pronto: o ano começou – e antes da hora. Ou melhor, antes de seu início "tradicional", em março. Há muito agito aqui em São Paulo, na turma da moda, que se joga para Paris, para lançamento coletivo no elegantérrimo hotel Crillon. E muita preocupação e tristeza com o que aconteceu com a freira americana, Dorothy Stang, assassinada no Pará.

Glamour e baixo-astral: a vida é mesmo esquisita. Tudo acontecendo ao mesmo tempo, coisas tão díspares, tudo andando junto. Enquanto isso, acompanhando esse movimento todo, cada um reage à sua maneira. Eu, por exemplo, já faz algum tempo, ainda bem, estou olhando mais à minha volta.

Resolvi agora fazer parcerias, com pessoas que vivem ao meu redor. Uma chance de ajudá-las? Pode até ser... com certeza. Mas percebi que era mais ainda uma chance de me ajudar. É uma sensação nova, e muito boa. Estou desenvolvendo trabalhos manuais, que depois minhas parceiras poderão vender – isso, quando não sou eu própria que compro tudo, para dar de presente...

Tenho também comprado tecidinhos para mandar fazer sacolinhas e saquinhos que depois distribuo para as amigas. Tenho ensaiado uma volta à cozinha, tenho arrumado mais minha casa. Estou mais mulherzinha – isso ao mesmo tempo em que minha vida profissional bomba cada vez mais. Será esse o caminho? Sinto que sim.

Banho de luz

Na semana passada eu tive uma aula especial, em que o rabino Nilton Bonder, do Rio, falou sobre a alegria. Disse algo como que a alegria era a única coisa, o único sentimento verdadeiramente verdadeiro que existia. Os outros eram criados, inventados. E que a alegria era a coisa mais importante de nossa vida.

Não sei se era bem por aí, exatamente isso, mas a verdade é que foi isso o que ficou para mim, o que eu entendi. E me ajudou muito, me fez pensar – e ficar feliz. Aí, meio que na seqüência, três dias depois, fui ser DJ por uma noite, eu e uma amiga, em uma festinha, um coquetel na loja de uns amigos muito queridos.

O que a princípio parecia uma brincadeira, foi muito mais: me mobilizou, me fez usar outros neurônios, de outra forma, exercer minha criatividade por outros canais. Se eu gostei? Amei! Parecia que eu tinha descoberto uma sensação nova, jamais sentida, justamente de... alegria.

Aquela alegria de que o rabino Nilton Bonder tinha justamente falado. Idéias novas, sensações novas, ousadia, criação: o que vale é ir sempre para frente, animar-se, divertir-se. Um ambiente onde reina a alegria não é bom só para a gente: ilumina a vida de todos que estão em volta. Até daqueles menos iluminados.

P.S.: Para ler ao som de Otto, cantando "Pra ser só minha mulher", de Ronnie Von.

A um passo da eternidade

Nossa! Na noite desta segunda-feira minha cabeça ficou tão ligada, que à meia-noite eu estava tomando banho de banheira para ver se relaxava meus neurônios – todos excitados com a aula sobre Nietzsche que eu havia acabado de ter, com meu grupo de filosofia.

Vocês devem ter percebido que tenho tocado muito nesse tema, mas o fato é que, nos últimos tempos, isso virou quase assunto central na minha vida... Esses estudos iluminam a alma da gente, às vezes tão encolhidinha neste mundo tão concreto.

O fato é que na última aula, a discussão acabou rolando em função do jeito de Nietzsche ser: estranho, ouvia vozes, diferente mesmo das outras pessoas. Além de muito criativo, óbvio, e inteligente. Não é à toa que ele virou gênio, referência no mundo da filosofia – e fora dele.

Mas o que a gente discutia é se Nietzsche vivesse hoje, com essa procura pela felicidade a qualquer custo – por meio de remédios, tratamentos, drogas, etc., etc. –, será que ele teria sido o mesmo Nietzsche? Será que ainda existe espaço hoje em dia para pensadores e filósofos angustiados? Acredito que sim, mas nesse mundo dito moderno, os pensamentos não ficam comprometidos por essa busca incessante da felicidade?

Arghhhh... estou ficando maluca. Meus pensamentos estão fervilhando, estou produzindo mais, lapidando mais minhas idéias. Viva então essa vontade incessante de querer sempre ir além...

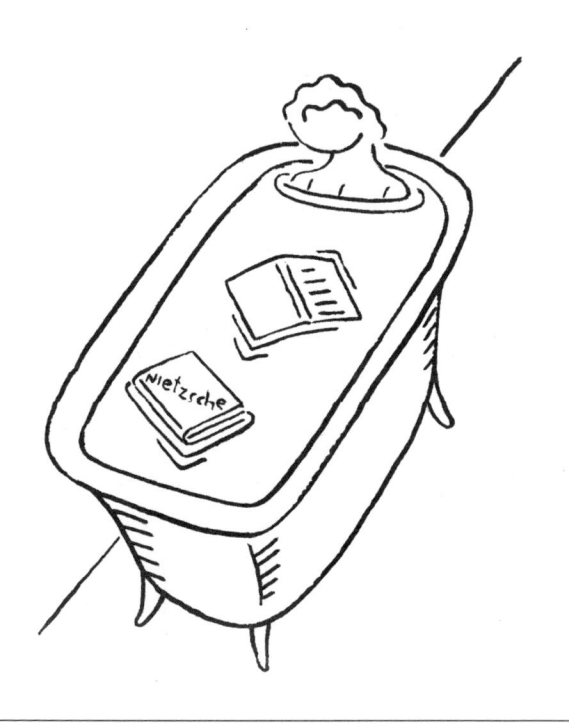

Este livro foi composto na fonte Fairfield,
e impresso em pólen soft 80g.
São Paulo, Brasil, julho de 2005